Colette
beschließt zu sterben

2

Alto Yukimura

Colette
beschließt zu sterben

2

Kapitel 5
-3-

Kapitel 6
-31-

Kapitel 7
-57-

Kapitel 8
-83-

Kapitel 9
-115-

Kapitel 10
-141-

Kapitel 11
-167-

Kapitel 12
-179-

Wenn ein Mensch stirbt, kommt er in die Unterwelt, auch Totenreich genannt.
Dort richtet ihn Hades, der göttliche Herrscher der Unterwelt.
Colette
beschließt zu sterben
Ist er gut, wird er erlöst …
Du hast also deine Frau ermordet.

!
Woher wisst Ihr …
Ich kann deine Stimme hören.
Stimme …?
Ich habe meine Frau ermordet.
Ich sagte allen, sie sei an einer Krankheit gestorben.
Aber ich habe sie umgebracht.
… ist er schlecht, erwartet ihn der Kerker.
Der König der Unterwelt lässt sich nicht täuschen.

Mach dich bereit.
Wie kann ich leben, um glücklich zu werden?
Womit fülle ich all meine Jahre?
Worauf kann ich am Ende stolz sein?

Ich heiße Colette.
Aaaaaaaah!
Co...Co... Colette!
Äh ...
Äh?!
Ist sie to...
Äh?!
Blinzel
Nh ...?
Wupp
Hast du mich erschreckt ...
So reglos und mit offenen Augen ...
Tut mir echt leid!
Ich war dabei, Lavendelsäckchen zu machen.
Diese Pflanze wirkt beruhigend, keine Frage!
Ah, tut mir leid. Bin eingeschlafen.
Ich bin Ärztin in einem Bergdorf.
Wir haben immer alle Hände voll zu tun.

Für meine Patienten gehe ich überallhin.
Ob Tag oder Nacht, irgendjemand braucht immer Hilfe.
Mir ist schwindelig ...
Colette, mein Kind ist ...!
Ärztin, bitte komm!
Meine Großmutter ...!
Ärztin!
Aber meine zwei Lehrlinge und ich kämpfen uns Tag für Tag wacker durch.
29 ...
30!
Ob der Hausierer sie uns wirklich abkauft, wenn er kommt?
Sie riechen so gut!
Zehn nimmt er uns sicher ab.
Frischen Lavendel haben wir auch noch mehr.
Ein wahres Lavendelparadies!
Du magst Lavendel sehr, oder, Colette?
Lavendelsäckchen waren das Erste, was mir mein Lehrmeister beigebracht hat.
Ooh!
Wie ist er so?
Er ist das ideale Vorbild für jeden Arzt!
Alle haben vollstes Vertrauen in ihn.
Oh, toll!
Als Wanderheiler ist er auch bekannt!
Er reist viel umher.
Auch jetzt ist er gerade irgendwo unterwegs.

Macht's gut, Kinder!
Waaah
Meisteeer!
Gib auf dich acht, Meister!
Waaah
Wäääh
Er wollte mich besuchen kommen, wenn ich eine Ärztin geworden bin, deren guter Ruf ihr vorauseilt, aber ...
So weit bin ich noch nicht.
Ach?
Lernen wir zusammen?
Ja, bin gleich da!
Oh, hier ist ja auch nichts los.
Gut, ich mach dann wieder mal meinen Hausbesuch!
...
Sag mal, Colette ...
Wohin gehst du eigentlich immer?
Was ist das für ein Patient?
Zuck
...
...
Er, ähm ...
...
... lebt in einer etwas anderen Welt.
Ärzte gehen überallhin, wo es Patienten gibt.
Das beschränkt sich nicht nur auf menschliche Patienten.
Hjuuuuuh

Niemand schaut her, ja?
Sehr gut.
Späh
Späh
Wüsste mein Meister davon, käme er sicher auf der Stelle angerannt!
Hinter-hof
Aber das hier verrate ich niemandem.
Eins, zwei ...
... und hopp!
Platsch
ドボン
Meister ...
Weißt du schon, Meister?

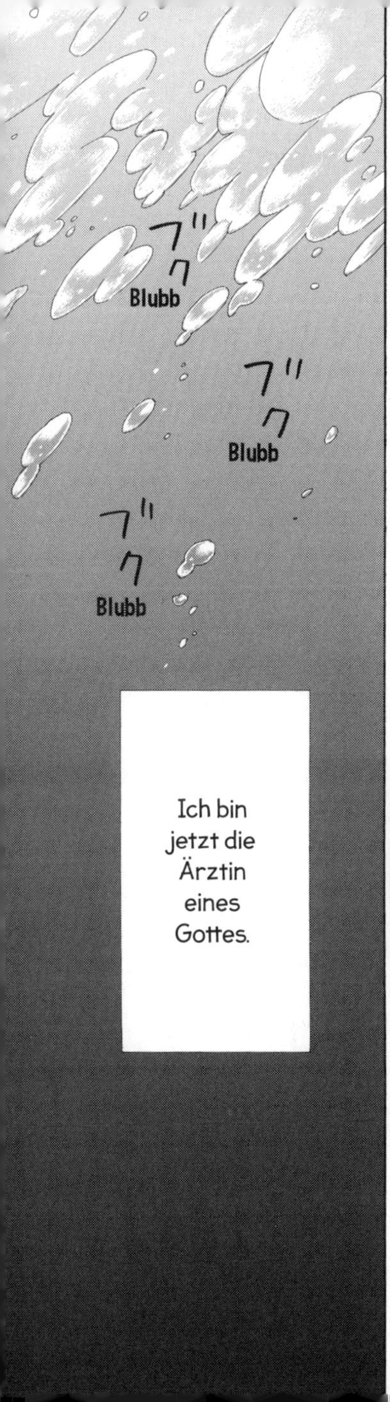
ブク
Blubb
ブク
Blubb
ブク
Blubb
Ich bin jetzt die Ärztin eines Gottes.

Ich bin wieder zur Untersuchung hier!
Wie geht es dir ...
... Hades?

1

Hallo und willkommen! Ich heiße Alto Yukimura. Vielen Dank, dass ihr den zweiten Band von Colette beschließt zu sterben gekauft habt. Ab diesem Band wird das Werk offiziell zu einer richtigen Serie. Dass das möglich wurde, habe ich all denen zu verdanken, die meinetwegen Zeit und Mühe auf sich genommen und mich unterstützt haben. Ich bin sehr dankbar. Ich hoffe, dass euch der Band gefällt!

Übrigens hatte ich ja schon erwähnt, dass Colette beschließt zu sterben ursprünglich der Titel des One Shots war und für die Reihe übernommen wurde, weil mir nichts anderes einfiel. Als ich jedoch etwa Kapitel 7 zeichnete, merkte ich:

Im Vergleich mit Colette beschließt zu sterben erschien mir dieser Titel aber auch unscheinbar, deshalb verschließe ich ihn tief in meinem Herzen (ha ha).

Dieser König ist ein arbeitssüchtiger Gott, der seinen Körper vernachlässigt.
Er hat auch eine spezielle Allergie.
Du bist ja heute anders gekleidet als sonst?
Ja, es stehen noch Gerichtsprozesse an.
Und wenn du dir einen Tag freinimmst?
Die Verstorbenen haben doch Zeit zur Genüge!
Wäre es da schlimm, sie etwas warten zu lassen?
Hm ...
Doch, vermutlich ...
Als König der Unterwelt ist es meine Aufgabe, jeder Seele umgehend ihren Bestimmungsort zuzuweisen.
Würde es dir nichts ausmachen, in einem fremden Land ganz allein zu sein?
Äh?
...

Einen anderen König gibt es hier nicht.
Stimmt. Normalerweise kommen Menschen erst nach ihrem Tod hierher.
Ver-stehe.
Trotzdem werde ich dich weiterhin ermahnen!
Das ist schließlich meine Aufgabe.
Komm, zieh das aus.
Die Sturheit dieses Königs ist manchmal echt zum Haareraufen ...
... aber ich bewundere ihn auch dafür.

Dann bitte den Rücken.
Nein.
Hm ...
Der Ausschlag ist schon viel besser geworden.
Beunruhigt dich sonst irgendetwas?
Co-lette!
Unser Herr scheint in letzter Zeit unter Einschlafproblemen zu leiden ...
Oha?
Flüster
Flüster
Fummel
Fummel
Hast du irgendwo Schmerzen?
Sag ihr das doch nicht...
Mir schwirrt nur vieles im Kopf herum. Grübeleien, mehr nicht.
Grübeleien ...
Vielleicht schläft er besser, wenn wir etwas für sein Gemüt tun?
Ah!
Natürlich!

Bin gleich wieder da!
Deshalb kann ich es nicht ignorieren.
Aber …
Ich hab genau das Richtige für dich!
Was für ein prima Timing!
Gerippe, bring mich bitte nach oben!
Das wird ihm sicher helfen!
Er würde nie zugeben, dass er leidet.
Bin wieder da!
…
Leer
Aus-verkauft …?!
Im Ernst …?!
Leer! Komplett leer!
Der alte Händler meinte …
Die waren letztes Jahr ein Riesenhit in der Stadt! Ich nehm alle!
Wow!
… also …
Warum …?!
Riesen-hit. Wow.
Was jetzt?
Colette …?
Ah
E… Er war gerade erst hier, vielleicht ist er noch in der Nähe …?
Stimmt!
Bin gleich wieder da!
Viel Glück …
Stürm

Lavendel! Säckchen!!
Trab Trab Trab
Uff, ganz schön heiß hier oben ...!
Hey, alles in Ordnung ?!
Hörst du mich ?!
Toma! Hey!
Was ist passiert?
Ah, Ärztin!
Bitte hilf uns! Er ist auf einmal umgekippt!
Was hat er denn gemacht?
Feldarbeit, wie wir alle!
Eben sagte er noch, er habe Durst, und im nächsten Moment ...!
Er ist noch bei Bewusstsein.
Vermutlich ein Hitzschlag ...
Wir tragen ihn in mein Haus!
Und ich möchte, dass ihr alle mitkommt!
Ja, natürlich!

Äh …
Salz und Zucker …
… ins Wasser …
Hier, bitte trinkt! Meldet sich der Durst, ist es oft schon zu spät!
Wir kühlen alle geschwollenen Adern.
Achseln …
… Hals, Knöchel …
Bitte ruh dich eine Weile aus.
…
Toma?
Hm
Ja.
Danke.
Ich bereite allen Umstände …
…
Ich hasse das.
Das ist …
… so armselig von mir …
…

Letztes Jahr hatten wir Pech mit dem Wetter …
… aber die diesjährige Ernte ist vielverheißend, oder?
Äh?
Ah …
Ja, die Ernte wird gut.
Dieses Jahr haben wir sicher alle genug zu essen.
Ein Glück!
Kein Wunder, dass ihr euch bei der Arbeit so ins Zeug legt.
Ich freu mich schon auf den Herbst!
Hi hi
Ich mich auch.
Krah
Krah

Der alte Händler ist wohl ...
... mittlerweile über alle Berge.
Hah ...
Es ist ja schon Abend ...
Hades würde sicher sagen ...
...
»Ein Notfall hat natürlich Priorität.
Sowieso ist mein Schlafmangel keine große Sache.
Ich bin unsterblich.
Deinen Lavendel kannst du mir nächstes Mal bringen.«
Bestimmt.
...
Nächstes Mal ...
...
»Nächstes Mal« ...?
Obwohl er jetzt wieder wach liegt?

Stürm
Nein!
Whosch
Es ist noch nicht dunkel!!
Das schaff ich noch!!
Als ob ich ...
... so einfach aufgeben würde!
Kommt überhaupt nicht infrage!
»Es tut mir leid, Colette.«
So leid ...
Du bist die Einzige ...
... die überlebt hat.
Colette.
Komm mit in meine Stadt, ja?
Ich war sechs Jahre alt, als eine Seuche mein gesamtes Dorf auslöschte.

Wie winzig klein …
… ein Leben doch ist.
Haben meine Eltern und all die anderen irgendetwas Schlimmes getan?
Daraus lernte ich, dass Redlichkeit und Fleiß …
… nicht immer belohnt werden.
Aber das stört mich.

Und wie!
Das passt mir überhaupt nicht!
Das Leben ist nicht immer nur schön ...
... aber ...
... wenn ich schon geboren wurde ...
... möchte ich auch lachen.
Und wenn ich als Ärztin dazu beitragen kann ...
... dass jemand, der traurig war, wieder lacht ...
... dann tu ich das auch!

Onkelchen, warte!!
Schreck
ビクッ
?!
W...
Was ist los?!
Co-lette?!
Der Laven-del!
Huff
Huff
Dodomm
Dodomm
Dodomm
Dodomm
Ah!
Verzeih bitte ...!
Könnte ich ein Säckchen davon ...
... zurück-haben, bitte?
Hast du ...
... was verges-sen?

Verlasst euch drauf ...!
Magst du den Lavendel?
Hilft er dir, zu entspannen?
Und? Und?!
Was sagst du?!
Und?!
Diese glühende Person vor meinem Gesicht macht es etwas schwer, Ruhe zu finden.
Vom Rennen total aufgekratzt
Was auch immer los ist, beruhige dich.
Das Adrenalin ist mit mir durchgegangen ...
Ich gehe.
Versuch jetzt bitte zu schlafen wenn möglich, ja?
Ob ich ...
... ihm damit behilflich sein konnte?

Warte.

…
Dein Zopf … … löst sich …
Äh?
Ah …
Danke!
Wupp
Heute will ich dem ärztlichen Rat folgen … … und ruhen.
Also geh nach Hause und tu das-selbe.
Ob es am Blumenduft oder deinem Radau liegt …
Meine Gedanken sind nicht mehr so laut.
…
Ja.
Gute Nacht!
Domp

Du, Gerippe! Bring mich bitte hoch!
Scham-los wie eh und je!
Oder bist du sogar frecher ...
...
...
Wie es scheint ...
...
... weiß Colette noch nichts davon.
Doch es ist nur eine Frage der Zeit ...
Puh!
Oh! Der Mond ist ja schön heute!
... dass sie es erfährt.

An welchem Punkt seiner Reise ...
... sich mein Meister wohl gerade befindet ...?

Kapitel 6

Colette!
Was hast du nur für Hände?
Die sind ja von Narben übersät!
Die Hände einer jungen Frau sind doch fast genauso wichtig wie ihr Gesicht!
Oh ja, oh ja!
Dabei waren sie schon viel schlimmer ...
Unkultiviert und dazu noch diese Hände ... Du findest sicher nie einen Ehemann.
Tick

Rumms
Ihr stört mich bei der Arbeit!
Raus mit euch!!
Hmpf
...
Eh ich es gemerkt hab ...
... waren meine Hände so.
Schön sind sie wirklich nicht ...
Ob die Narben nie mehr weggehen ...?

...
Wärst du ohne diese Narben die Person, die du heute bist?
Äh ...?
...
じっ
Starr
Stimmt ja.
Sie sind der Beweis all meiner Bemühungen.
Wenn ich so darüber denke ...

... stören sie mich plötzlich gar nicht mehr.
Hi hi hi!
Dann trage ich jetzt die Salbe auf.
Hades sagt manchmal ...
... richtig gute Sachen!
Hi hi hi!
Bin wieder da!
Colette!
Ein Brief für dich ...

Der Meister ist ...
... ver-storben ...?
Meister Anno ...
Er hat mal einen meiner Gefährten geheilt.
Ein ausge-zeichneter Arzt.
Sehr schade, aber ...
... sicher ist er nun im Himmel.
Im Himmel ...
Mein Meister ist in der Unterwelt ...?

Stürm
Colette ?!
...!
Platsch
Heißt das ...
... Hades ist ihm begegnet ...
... und hat schon über ihn gerichtet?
Auf welche Weise?
Worüber haben sie gesprochen?
Hat er denn nicht gemerkt, dass das mein Meister war?
Ist er ...
... wirklich tot ...?
Huff
...
...
Und dann ...
... hat er mich angefleht, versteht Ihr?
Ah ...
Obwohl ich ihm gesagt hab, dass ich ...
... hier nur der Fährmann bin, der die Toten über den Fluss bringt.
Jemand ist bei ihm ...
Der Fährmann?

Er nannte sich Anno, glaub ich.
War zu Lebzeiten wohl ein Arzt.
Wollte wissen, warum Ihr ihn freigesprochen habt, obwohl er seine Frau umgebracht hat.
Äh ...?
Davon wollt ich Euch in Kenntnis setzen, König der Unterwelt.
Aber was kann ich ihm schon sagen?
Der Meister hat ...
... **was** getan ...?

!
Huch?
Oha, oha!
Du bist …?
Au-weia …
Hades, wovon … … redet ihr?
Charon, geh ruhig.
Ich verstehe deinen Frust … … aber ignorier den Mann bitte.
Geht klar, König.
Husch
Husch

Wolltest du nicht nach Hause?
An fremden Türen lauscht man nicht.
Die Frau meines Meisters erlag einer Krankheit.
Hm ...?
Jeder Tote vergisst irgendwann, wer er war und was er bedauerte.
Er gehört nun einer anderen Welt an als du.
Erklär mir bitte, was los ist!
Die Sache hat mit dir nichts zu tun.
Sag das nicht so leicht!
Ich hab immerhin acht Jahre bei ihm gelebt!
Er nahm mich auf und zog mich groß!
Für mich war er jemand Besonderes!
Das spielt keine Rolle.

2

Colette beschließt zu sterben greift Bruchstücke griechischer Mythologie auf. In einem bestimmten Tempel in Kyoto steht aber auch ein Brunnen, von dem die Legende besagt, dass er in die Unterwelt führt - in das Reich von König Enma, dem japanischen Hades sozusagen.

Diesen Tempel besuchte ich vor ein paar Jahren, und aus der Erinnerung daran schöpfte ich nun die Idee, dass Colette durch einen Brunnen in die Unterwelt gelangt.

Es ist doch ziemlich interessant, dass man über verschiedene Länder hinweg auf sich ähnelnde Legenden und Anekdoten stößt.

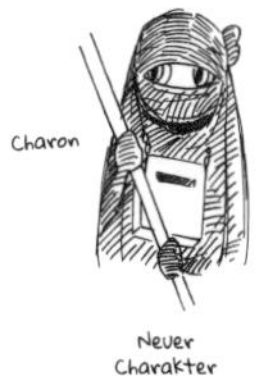

Geh nach Hause.
…
Er lässt mich …
… überhaupt nichts einwenden.
Das ist der König der Unterwelt.
…
Ich …
… gehe …
…

Das mit dem Meister …
… kann ich nicht glauben.
… welchen Sinn hat ein Gericht …
Aber …
… wenn sich der Freigesprochene nicht freuen kann?
Tapp
Das Versprechen …
… mich eines Tages besuchen zu kommen …

... kann er nicht mehr einlösen.
Bring mich hin!
Hau ruck!
Nix wie heim und ins Bett.
Hä?!
Aah!
Wupp
Zu meinem Meis-ter!
Haah ?!
Vergiss es!
Bring mich zu ihm!!
Urgh ...
Giiek
Giiek
Na toll ...

Giiek
ギーコ
Kannst du dir nicht denken …
… dass hier für Sonderwünsche keine Zeit ist?
gebühr
Was auch immer das Problem ist, er wird's doch eh bald vergessen.
…
Der Meister …
… hat mir mal von seiner Frau erzählt.
Sie ist an einer Krankheit gestorben?
Ja. Vor zwanzig Jahren.
Oh …
Wie war sie denn so?
Shaaa
ザー
あっ

Sie hat ...
... viel gelacht.
Er wirkte, als halte ihn ...
... die Vergangenheit noch gefangen.
Ich hab ihn betrübt!
Meister!
Alle sagen, dass du unglaublich bist!
Der Patient vorhin hatte solche Schmerzen, aber nun kann er wieder laufen!
Noch die kleinste Anomalie bemerkst du! Das finden alle großartig an dir!
Ich will auch so eine Ärztin werden wie ...
Stolper
Dwack!
Batsch
!
Colette!
Auu ...
Ach, du. Schau beim Gehen nach vorn!

Na komm.
Kannst du auf-stehen?
Ja …
Deine Hände sind so rau!
Ach ja?
Ist mir gar nicht aufge-fallen.
Ich will so werden wie er.
Jemand, der anderen die Hand reichen kann.
Und irgend-wann gebe ich ihm etwas zurück.

Schau, dort ist er.
Ah
...
...
...
Charon, bitte sprich noch einmal mit König Hades!
Bringt mich in den Kerker!
Ich bitte eu...
!
...
Co...
Co...!
Co-lette ?!
Ah...

Er ist wirklich ...
Colette ...
Warum bist du ...?
Ich wollte dich sehen.
Du willst keine Erlösung ... Stimmt das?
Ja.
Ich habe sie nicht verdient.
Warum nicht ?!
Weil ich meine Frau sterben ließ.
Ihre Symptome tat ich als harmlose Erkältung ab ...
... doch sie hatte eine Lungenentzündung.
Als ich meinen Irrtum bemerkte, kam jegliche Medizin zu spät.

Ich ... habe meine Frau umgebracht.
Niemandem konnte ich es sagen.
Stattdessen lebte ich noch dreißig Jahre lang weiter, als wäre ich ein guter Arzt!
Dabei bin ich nichts als ein Sünder.
Als **wäre** er ...
... ein guter Arzt?
Dieses Bedauern muss ich dem König der Unterwelt unbedingt vermitteln ...!
Geh heim, Colette!
Geh und vergiss mich.
»Vergiss« ...
Ist das dein Ernst?!
Ja. Bitte vergiss mich einfach.

Nein! Das kann ich …
… nicht akzeptieren!
Du kannst aber nun mal …
… nichts dran ändern, okay?
Ich hatte mir so sehr …
… gewünscht, ihn zu sehen.
Zieh
Also komm, steh auf!
Doch nun sagt er …
Behauptest du, du hättest mir acht Jahre lang nur etwas vorgemacht?
Jetzt hab dich doch nicht so!
Verzeih, dass ich dich …
… enttäusche, Colette.
… ich soll ihn vergessen …?

...
Deine Hände ...
... waren rau.
Weil die Blasen vom vielen Medizin-mörsern ...
... allmäh-lich zu Schwielen wurden.
Ah ...
Dass jene Tage ...
... eine Lüge waren ...
... glaube ich nicht ...!
Wärst du ohne diese Narben die Person, die du heute bist?

Die Narbe am Daumen stammt von einem Dorn, der dich bei einem Bergeinsatz stach.
Den Zeige- und Mittelfinger hast du dir bei einem Feuer verbrannt, als du direkt vor Ort fünfzehn Menschen verarztet hast.
Auch an all deine anderen Verletzungen erinnere ich mich.
Schließ-lich war ich dabei.
!
Sst
Meister. Diese Arbeit bringt man nur durch Vortäu-schung nicht zustande.

Egal, wie groß dein Bedauern ist ...
... es ist nicht das Einzige, was dich aus-macht!

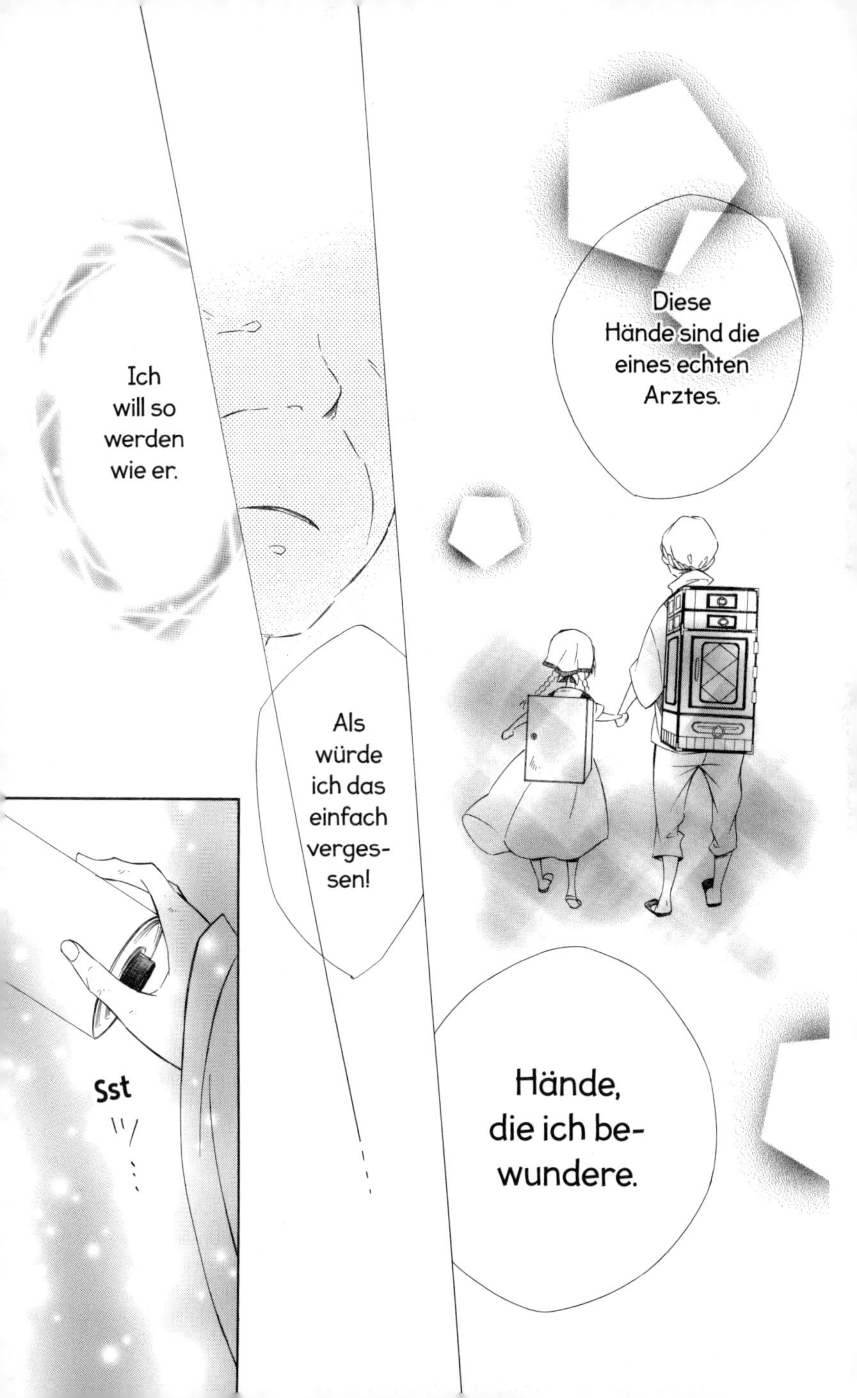
Diese Hände sind die eines echten Arztes.
Hände, die ich bewundere.
Als würde ich das einfach vergessen!
Ich will so werden wie er.
Sst

Vor dreißig Jahren …
Die Frau des Arztes …
Jetzt ist der Zeitpunkt …
… um ihm etwas zurückzugeben.

Kapitel 7

Denn ich will, dass er es einsieht ...
... und mit einem Lächeln erlöst wird.
Hey, Colette! Hier bin ich, wie versprochen!
Pfeifst deinen Lehrlingsbruder einfach per Eilpost herbei ...
War sicher teuer, was?
Ha ha ha ha!
Danke, Ran! Ich wollte mehr über unseren Meister ...
Ja, das hab ich schon vermutet.

Hatte eh vor, alle zu besuchen ...
... um seine Andenken zu verteilen.
Der Meister war zuletzt in meiner Praxis.
Er war körperlich komplett am Ende.
Kein Wunder. Er arbeitete als Arzt ja stets an vorderster Front.
Ja ...
Du darfst ...
... dir als Jüngste von uns Lehrlingen als Erste ein Andenken aussuchen!
Tusche-Reibstein
Pinsel
Pillendose
Das hier ...?
Ein Notizbuch.
Mit Infos über Kräuter, Mischungen und so.
Als ich sie gerade abschreiben wollte, sah ich, dass auch Tagebucheinträge darunter sind.
Auch über uns, wie er uns großgezogen hat.

»Tag x, Monat x. Ich mache Lavendel-säckchen mit Colette.
Vielleicht kann diese Arbeit ihr ein Stück aus ihrer Seelennot helfen.
Tag y, Monat x. Colette macht große Fort-schritte im Lesen und Schreiben.
Tag z, Monat y. Ich nahm Colet-te mit auf meine Hausbesuche im Dorf. Sie hat kein einziges Mal geklagt.
Ihr Wille ist stark. Ich bin sicher, sie wird ihren Weg finden.«
Er hat so gut ...
... über mich ge-wacht.
Ich will das Notizbuch.
Wosch
Ich will es auch.
Ich ver-mute, wir alle hätten es gern.
Teilen wir's auf?
Okay.
Da steht auch viel über die anderen drin ...
Blätter
Blätter
Blätter
Monat 1, Tag 12.
Monat 1, Tag 12.
Hm ...?

Mehrmals das gleiche Datum mit immer demselben Vers ...
Er hat seiner Frau mal ein Lied geschenkt. Sie hat es geliebt.
Das Datum ist sicher ihr Todestag.
Der Meister hat gesungen ...?!
Ob das für unsere Augen gedacht war ...?
Sie war ihm sicher äußerst wichtig.
...
Ob er sie jetzt im Jenseits wiedersieht?
Kurz vor seinem Tod sagte er was von wegen, er sei verdammt ...
So ein Quatsch, als hätte er das verdient!
Nur weil er sie damals nicht heilen konnte ...
Offenbar war er überzeugt, dass seine Frau ihm niemals vergeben würde.
Ran kennt nicht die ganze Geschichte.
Aber jetzt verstehe ich.

Das ist der Hauptgrund, warum der Meister keinen Frieden findet.
Ihre Vergebung kann ihn also erlösen!
Ärztin!
Mein Magen tut weh ...
Ja!
Was könnte die Ursache sein?
Ver-mutlich kommt es von ...
Colette, Rinde.
Ja!
Was seine Frau wohl fühlt?
Groll ...?
Gleich-gültig ist sie sicher nicht ...
Was ich tun kann ...
Ah!
Sein Tage-buch!
Stimmt, wenn sie das liest ...
... wird sie ihn vielleicht verstehen!

Zeit für die Unter-suchung!
Und eine Bitte habe ich an dich.

Willst du die Frau des Arztes suchen?
!
Nachdem du schon ohne Erlaub-nis bei ihm warst.
Er hat mich komplett durchschaut ...
Ja.
Es ist ungewiss, wie viel Erinnerung einer Seele nach dreißig Jahren noch bleibt.
Und trotzdem willst du, um dem Arzt zu helfen, sogar in mein Territorium eindringen?
Ja.

…
Swsch
Die Unter-suchung hat Zeit bis spä-ter.
Wir gehen nach As-phodelos.

Asphodelos.
Hinter einer schummerigen Felsenöffnung erstreckt sie sich ...
Die einzige Blumenwiese der Unterwelt, die Destination der guten Seelen.
Stoß
Stoß
Ich darf diesen Ort nicht betreten ...!
Stoß
Nichts da. Der Chef kommt sogar persönlich, siehst du?
Meister Anno!
Bitte sag mir den Namen deiner Frau!
!
Woher hast du das ...?!
Meis-ter.
Wir haben nur diese Chance.
Wollen wir sie suchen ...?
...
...
...
N...
Nora ...

Stürm
Nooraa!
Bist du hier ?!
Nooraa!
Wer ist Nora?
Hm Wer bin ich denn?
Hm, gute Frage. Und ich?
Denkt Ihr, sie ist noch hier?
... Seelen-schatten ...
... werden im Laufe der Zeit kleiner und wieder wie Kinder.
Die kom-plexen Details ihrer Herzen verblassen, bis sie nur noch als reinste Form aller Emotionen existieren.
Dann werden sie unsicht-bar ...
... und ver-schwin-den.
...
In welchem Zustand die Gesuchte wohl ist?
Hahh!
Nooraa ...!

Der Meister möchte dich sehen!
Meister Anno ...!
Nooraa!
Co-lette ...
Welchen Eindruck macht dieses Mädchen auf dich?
?
?
?
?

Dass sie mein Notizbuch hat, heißt wohl, dass sie ...
... sich mit dem Lehrling getroffen hat, der mich pflegte.
Wenn ich meinen Lehrlingen noch so wichtig bin ...
Ja.
Es ist genug.
Vielleicht ...
... kann ich mich selbst zumindest ein bisschen akzeptieren.
König der Unterwelt, bitte seid nachsichtig mit Colette.
Warum sie hier ist, werde ich nicht fragen.
Das hat mich dieses Kind gelehrt.
Colette!
Komm zurück.

Meister ...?!
Danke, Colette.
Ich bin froh ... hier zu sein.
Geh beruhigt nach Hause.
Mit welcher Miene ...
... er das wohl sagt ...
Gwipp
Ich wollte sie für ihn finden ...
Ah!

Bevor ich gehe ... Könntest du nur ein Mal ...
... das Lied singen, das du deiner Frau geschenkt hast?
Das Lied?
Ah ... Wie nostalgisch.
Hm mh. ...
Es gibt eben ein paar wichtige Worte, die eine Frau unbedingt hören will!

Aber du nuschelst immer nur ewig drum herum!
Heirate doch einfach deinen Arzneikasten!
Argh, vergiss es!
Ich habe mir …
… ein Lied ausgedacht.
In meiner Heimat …
… war es Brauch …
… wichtige Worte …
… in Lieder zu fassen.
…
Was für ein Lied?
Fhh
すぅっ

Ich mag deine willensstarke Art.
Ich mag dein offenes Herz ...
... und dass du so oft fröhlich lachst.
Schon immer war ich in dich verliebt.
Für immer ...
... werde ich dich lieben.

Äh?!
Raschel
カサッ
!
Du kennst dieses Lied auch?
N...
Nora ...?
Bist du es?!
ガサ
Raschel
ガサ
Raschel
Erkennst du mich?!
Nora? Wer ist das?
Wer ich bin, hab ich vergessen.
!
...

Bitte hör mich an ... Ich habe dir etwas Unverzeihliches angetan!
Es tut mir so leid ...!
Ah ...
Krtz ポリ
Krtz ポリ
Das sagt mir nichts.
Aber singst du mit mir?
!
Ich darf bei dir sein ...?
Na klar!
Ich hab mich immer gewundert, warum ich mich nur ...
... an dieses Lied erinnere.
Aber jetzt verstehe ich.

Ich habe auf dich gewartet!
Auch wenn ich mich selbst ...
... und dich vergesse ...
... das Gefühl dieser Liebe vergesse ich nie!
Alles ist gut.
Ich verzeihe dir.
Huch?
Hab ich das gerade gesagt?
Nanu?

…
König der Unterwelt …
Colette …
Ich gehe.
3
Ran und Colette
Älter
Jünger
Adoptivgeschwister
Das ist Sternanis, riech mal!
Snf
Snf
Ran kümmerte sich von allen am meisten um Colette, wenn Meister Anno zu tun hatte.
Oh! Ein Marktstand!
Oh! Sollen wir was essen?
Eine Art Anführer-Anhänger-Beziehung.

Vermutlich war das ...
... nur eine Illusion, ein Abbild meiner Sehnsucht.
»Danke.«
Meister ...
Aber das ist in Ordnung.

Du hast genug geleistet.
Das sagt mir mein Gefühl ...
Ähm ...
Danke, Hades.
Aber warum bist du auf meine Bitte eingegangen?
Du fragtest mich nach dem Sinn eines Freispruchs, der die Freigesprochenen nicht glücklich macht ...
... und ich fand keine Antwort darauf.
...
An meiner Art des Richtens ändere ich nichts.

Ich kann mir jedoch anhören, was die Toten hier zu sagen haben.
Wenn ihre Seelen dadurch Ruhe finden ...
... sollte dies Teil meiner Arbeit sein.
Aah, noch mehr Arbeit!
Graah
Am Ende brecht Ihr noch zusammen!!
Aaaah, oh Mann!
Heil mich wieder, sollte das geschehen.
Ah ...
Du bist doch die Ärztin der Unterwelt, oder?

Swsch
Zurück in den Palast.
Hh, dieser König ist echt ...
So weit hat er das alles durchdacht ...?
...
Ich lasse dich nicht ...
... zusammenbrechen.
Press
Ich zeige ihm, dass ...
... auf mich Verlass ist.
Ihr scheint die Ärztin ...
... sehr zu mögen. Wie kommt's?
Scheint es so?
...
Dieses Mädchen bringt von Zeit zu Zeit frischen Wind in mein verhärtetes Denken.

Das ist ein biss-chen ...
... faszinie-rend.
!
Wow.

Kapitel 8

Hades mit
offenen
Haaren

Ich hab mich im Palast der Unterwelt verirrt.
Wer hätte hier so ein Zimmer erwartet?!
Oooooh!
Wahnsinn!!

Reihenweise reich verzierte Kleidung ...
... und prunkvoller Schmuck ...
Ach!
Ist das Hades' Ankleide-raum?
Nein! Dieses Zimmer gehört mir, der Näherin des Königs!

Hm?
Husch
B... Bist du die Ärztin Colette ...?
Ich habe von dir gehört ...
Du bist also wirklich ein Mensch ...
Ach, von euch Gerippen gab's noch mehr?
Ja, ich bin Colette, freut mich!
Kauer
Sie trägt ein Nadelkissen am Handgelenk!
Hiih!
F...
Freut mich auch ...
Bist du die einzige Näherin hier?
Ja.
Ich hab alles in diesem Raum allein gemacht.
Uwah!
Aber warum bist du so ängstlich?
Sst
Sst
Es ...

...
macht
mich nervös,
mit anderen
zu reden
...
Drucks
Drucks
Ein menschen-scheues Gerippe ...?!
Deshalb verlasse ich diesen Raum nicht.
Daher sind wir uns noch nie begegnet.
Ich seh Hades immer nur in denselben zwei Gewändern.
Egal.
Für welchen Anlass ist das prächtige dort?
Für das Gericht
Das übliche
Und das daneben?
Zu einem Bankett einen Monat und zwei Tage später.
Äh?
Wirklich?
Nögh
Ich erinnere mich an jede meiner Arbeiten!
Das trug er bei seinem letzten Besuch eines Banketts ...
... im Olymp, also vor 187 Jahren und 45 Tagen.
Murmel
?!
Das weißt du noch?!

König Hades hebt sich nicht nur aufgrund seines Status ...
... sondern auch durch seine Schönheit von anderen Göttern ab!
ポッ
Schwärm
Und vor allem ist er freundlich ... Das Glück, so jemanden einkleiden zu dürfen ...
Im Nähen liegt der Sinn meines Lebens!!
...
Aber ...

* Abgleitet von »Hariko«, jap. für »Näherin«.

Oho! Dies ist also der herausragend schöne Gott!!
...? Wovon sprichst du?
Noch dazu ein so bedeutender!
Versuchst du, deinen Mangel an Respekt zu kaschieren?
Nieder-gestoßen, wie immer.
Das hat nichts mit der Behandlung zu tun.
Also, wie sieht es denn heute ...
Hm?
Oh?
Ooh?
Oooh?!

...!
Wir brauchen die Salbe nicht mehr!
Hades! Herzlichen Glückwunsch!
Wirklich?
Ja!
Wir haben's geschafft!!
WINNER
Es war ein langer Kampf gegen Hautentzündungen und Fieber.
An deiner Allergie ändert sich aber leider nichts.
Direkter Lichtkontakt bringt die Symptome zurück.
Ich weiß.
Eine Allergie gegen ...
... die Strahlen der Sonne.
...

Trotzdem ...
Oooh!!
Er lächelt!!
Unbewusst ...?
So ein schönes Lächeln.
Worte vertreiben es vielleicht, also schweige ich ...
... und genieße es.
Hi hi hi!
Das allein ist längst Belohnung genug.

Am Ende ist sie mir zwar weggerannt ...
Mach dir nichts draus. So ist sie eben.
Ach ja! Heute hab ich deine Näherin getroffen.
Sie hat mir noch nie in die Augen geschaut.
Weil du sie ultimativ nervös machst, oder?
Sie scheint dich echt sehr zu mögen!
Wieso sagst du eigentlich immer, ich sei so respektlos ...
... aber deine Diener akzeptierst du, wie sie sind? Unfair!
Du bist respektlos, weil du meine Worte ignorierst.
Buuh!
Buuh!
Buuh!
Für mehr Colette-Toleranz!
Tick

Meine Diener folgen dem, was ich sage.
In diesem Fall sehe ich darin aber nicht viel Sinn.
Buuh!
Was auch immer das heißen soll!
König Hades, ein Brief kam aus dem Olymp.
...
Ah, Demeters Bankett ...
!
Oh!
Demeter.
Die Göttin des Ackerbaus und der Fruchtbarkeit ist vor allem Leuten wie Bauern und Gutsherren vertraut.
Ah!
Findet das etwa in der nächsten Vollmondnacht statt?

Dann veranstalten wir im Dorf der Göttin Demeter zu Ehren ein Erntefest!
Am Tag zuvor bringen ihr alle Dörfer und Städte Opfergaben dar.
Alkohol und verschiedene Speisen ...
Dann bringen Demeters Dienerinnen unsere Gaben in den Olymp ...
Wir beten für eine reiche Ernte im kommenden Jahr.

4

Das Auftragen von Highlights liegt mir nicht so sehr, aber seit ich letztens einen richtig benutzerfreundlichen Brush Pen entdeckt habe, macht es mir mehr Spaß.

Mein geisterhafter Erstentwurf von Hades.

Oben ist also schon wieder diese Jahreszeit ...
Das heißt also: Zeit ...
... für Harrys Auftritt!
Ooh
Doch ich bin zu beschäftigt, um teilzunehmen.
Äääh ?!
Aber die diesjährige Ernte ist so gut?!
Das wird ein herrliches Festmahl!
Es freut mich, das zu hören.
Verzeiht, König Hades ...
... aber Ihr wart nun schon seit 150 Jahren nicht mehr im Olymp.
Nun, da Eure Gesundheit es wieder zulässt, wollt Ihr nicht wieder einmal wie früher dem Bankett beiwohnen ...?
Die Umstände haben sich seitdem geändert.

Damals gab es weniger Menschen, also hatte ich mehr Zeit.
Das ist nun nicht mehr der Fall.
Um mir freizunehmen, brauche ich schon einen besseren Grund.
Es stehen noch Gerichtsverhandlungen an.
Ich gehe.
Sehr wohl, mein König.
Och Mann …
Als wir zusammen in der Stadt waren …
… freute er sich über mein Angebot, ihn erneut bei Spaziergängen in der Sonne zu begleiten.
Aber dazu kam es seitdem noch nie.
Hades setzt seine Prioritäten sehr klar.
»Einen besseren Grund« …
Mir fällt keiner ein …

»Aber ...«
Ah, das wollte sie sagen ...
Dass es schon seit 150 Jahren keine Arbeit mehr für sie gab.
Obwohl sie darin den Sinn ihres Daseins sieht ...
Harry!
Huhu!
Ha...
Jedes Jahr kommt etwa an diesem Tag die Einladung der Göttin Demeter.
Weißt du etwas darüber, Colette?
Weil ich hörte, dass er wieder gesund sei, hatte ich ...
... ein bisschen gehofft ...
Ho ho ...
Er nimmt nicht teil ...
Ah ...
Nichts zu machen. Kö-nig Hades ist beschäftigt.
Ah ...
Sie hält es immer noch um-klammert.

Wah! Du hast ein Design skizziert?
Uwoh!
Ich tu dir doch nichts!
Dodomm
ドキドキ
Dodomm
Dodomm
ドキ
Die Entwürfe für die Gewänder hier sind also auch in diesem Buch?
...
Nein.

Dieses Buch enthält ...
... alle Designs, die ich in den letz-ten 150 Jahren angesammelt habe.
Ursprünglich bereitete mir das Nähen einfach nur Freude.
Doch eines Tages ...
Deine Arbeit ist beeindru-ckend.
Er-schöpft sie dich nicht?
Ver-steckt sich
N... Nein, keineswegs!
Schön.
Du hast großes Talent.
Deine Kreationen erstaunen stets den ganzen Olymp.
Ich habe mich gefreut.
Sein verwundertes Kopfschütteln ...
... das Lob, das er mir aussprach ...
... und dass er stolz auf mich schien ...
Das alles machte mich glücklich.

Das Nähen ist meine Berufung.
Auch 150 Jahre ohne Arbeit ...
... können mich nicht vom Entwerfen abhalten.
Sonst wüsste ich nicht ...
... wofür ich überhaupt existiere.
Dass Hades befindet, ich sei ...
... überflüssig ...
Plitsch
Das möchte ich nicht glauben.

Komm, wir zeigen es Hades!
Vermitteln wir ihm deine Gefühle ... der letzten 150 Jahre!
U...U... Unmöglich!
Wie anmaßend wäre das von mir!
Zudem ist König Hades beschäftigt! Das kann ich nicht einfach ignorieren!

Dann er-
stellen wir
doch einen
Zeitplan!
Einen
perfekten,
der ihm die
Sprache
verschlägt!
Dieses
Zimmer
macht
deutlich
...
... dass
Hades
gern unter
Leute
geht!
All diese
Erinne-
rungen
...
Niemand
weiß das
besser als du!
Wenn du mir
hilfst ...
...
können
wir ihn sicher
überzeugen!

Nick
ニュッ
!
Wenn man all seinen Stolz ...

... in seine Arbeit steckt, dann ...
Grins
Zeit für die Überra-schungs-Prä-sentation!!
Tagesausflugsplan Bankett
Die Zeitaufteilung der Gerichtsprozesse – von Charon
Revenge
Die Gesunderhaltung – von Colette
Lebensmittel gegen Erschöpfung
Rattaflapp
Hör erst mal zu, ja?
Tadaa!
König Hades ...
Begnüge dich nicht nur mit dem, was man dir gibt ...

Dies hier sind meine besten Werke ...
... der letzten 150 Jahre.
Wenn Ihr einen Blick darauf werft ...
... bin ich sicher ...
... sondern greife nach dem, was du willst!
...!

Bekommt Ihr nicht Lust, wieder aus-zugehen?

... Immer noch ...
... unerschöpflich, hm?

Du blickst mir erstmals in die Augen.
Und du hast dich aus deinem Zimmer gewagt.
Ich bin über-rascht.

Ich gehe zum Bankett.
Bitte fertige etwas für mich an.
We...
We...We... Welches davon hättet Ihr gern?!
Hm ...
Bei so vielen fällt die Wahl schwer.
Darf ich mal sehen?
!
Ich möchte auch!

Rss
ススス…
C…
Colette
…
Hab vielen Dank …!
König Hades, wie ist das Tragegefühl?
Gut.
Ich verlasse mich hier auf euch.

Boah! Wie ein richtiger Gott!!
Ist er ja auch, aber trotzdem!!
Du gehst jetzt schleunigst nach Hause.
Also, bis dann.
Na dann ...
Viel Vergnügen, König Hades!
Lasst das Fest beginnen!

Kapitel 9

Demeter.
Jaa?
Würdest du bitte loslassen?
Meinen kleinen Bruder, den ich seit 150 Jahren nicht mehr gesehen habe?!
Göttin der Fruchtbarkeit Demeter
Freu
Freu
Hi hi hi hi! ♡
Immer warst du zu beschäftigt, um zu kommen!
Was hat dich umgestimmt?
Jemand mischte sich lautstark in meine Angelegenheiten ein.
Oha?
So etwas hätte ich deinen Dienern gar nicht zugetraut!
Nein, kein Diener, es ...
Ah

Du hast einen Liebling ?!
Jauchz
Juhuu! Wer ist es? ♡ Sag schon!!
Ups.
Nei...
Im Göttinnen-Netzwerk gab es keine Gerüchte darüber, heißt das etwa ...
... ein Mensch?!
Kyaah!
Stell uns vor!
Stell uns vor!
Zu spät
Und das nur wegen eines einzigen Satzes ...
Schon gut, ich weiß.
Ich erzähl's nicht herum.
Deme-ter ...
Oder versuch es zumindest.
Das muss ja jemand ganz Besonderes sein.

Immerhin sehnen sich so viele Göttinnen nach deiner Gunst ...
... die sich nur aus Furcht vor dem Totenreich noch nicht an dich herangewagt haben.
Furcht vor dem Totenreich ...

Hh
hh
Was schmun-zelst du?!
Ach, nichts.
Auch hier auf der Erde ...
... ist das Fest in vollem Gange.

Mampf
Mampf
Ääh ?!
Du gehst nicht zum Fest, Colette?!
Wir wollten uns hier doch abwechseln!
Nun ja, das war der Plan, aber …
Die haben morgen alle 'nen Kater.
Colettes Kennerblick
Das zehnte Glas
Esst! Trinkt!
Proost!
Und Magenprobleme.
Für mich ist das okay, also geht ruhig, ihr zwei!
Eure Freunde warten, oder?
Mir ist einfach nicht wohl bei der Sache.
Überraschend schädlich, so 'ne Feier …
Äh?
Ja …
Gut, dann …

5

Die individuellen Rufnamen der Charaktere im Japanischen:

Colette, Colette-san (aus irgendeinem Grund wird -san angehängt)

Hades-sama, Ha-sama, Hadessan (Kurznamen eines Gottes)

Die beiden Lehrlinge, Lehrlinge

Lange fielen mir keine Namen für die beiden ein, aber endlich habe ich welche gefunden! Hoffentlich kann ich sie irgendwann in der Geschichte erwähnen.

Die Gerippe, Gerippe

Kerberos, Hund

Oha! Nasen-bluten?
Nh ...
Aber nicht ge-stoßen, ja?
Schau nach unten.
Och Mann, kann er jetzt nicht mehr spielen?
Junges Bürschlein, Herumtoben ist nicht die einzige Art, ein Fest zu genießen!
Willst du nicht mit mir unterm Mondlicht über die Bipedie der Menschheit plaudern?
Nein danke.
Bin gestolpert! ☆
Ist das nicht genau dieselbe Stel-le wie letztes Jahr?
Was ?!
Hm, keine Er-innerung ...
Frust-saufen ?!
Davon explodiert dein Zwölffingerdarm, bis dir das Blut aus dem Po läuft!
Explo-diert ?!
Aus dem Po?!
Frustgesöff

Immer nur in Maßen!
Ja ...
Puh!
Bin ich ...
... satt!
Es kommen keine Patienten mehr!
Jippie!
Roll
ゴロ
Roll
ゴロ
Lese ich ein Buch?
Ha ha ha
Heitere Musik ...
... Gelächter ...
Schon das dritte Fest, seit ich in dieses Dorf kam.

Letztes Jahr …
… war ich mit der Kräuterkonservierung beschäftigt …
Ha ha ha!
Kindheitsfreunde …
… habe ich auch keine mehr.
Blätter
Blätter
Oh!
»Monat x, Tag y. Heute ist das Erntefest.
Als Opfergabe haben wir die von Colette gezogenen Kräuter zu Tee verarbeitet.
Keines meiner Kinder nimmt an den Festlichkeiten teil.
Weil heute der einzige Tag sei, an dem es in der Praxis ruhiger ist als draußen, sagen sie.«
Hi hi

Stimmt ja, so war es ...
...
Ihr wisst, dass ihr ruhig feiern gehen dürft?
Wir tun uns doch nicht freiwillig dieses Gedränge an.
Gestern musste ich so weit zu 'nem Hausbesuch laufen!
Dachte schon, ich schaff's nicht mehr zurück!
Ich will nur noch schlafen.
Hm?
Colette! Du erkältest dich noch, kleiner Stöpsel.
Komm mit unter die Decke.
Krchh

Alle schlafen ...
Auch Meister Anno.
Die Knochenstruktur
...
»Warum sich ...
... zum Schlafen wohl alle am selben Ort zusammenscharen?«
Krchh
Doch ich war total glücklich ...
... und als ich morgens die Augen öffnete ...
Ah, aufgewacht!
Kommt, es gibt Frühstück!
... waren alle bei mir.

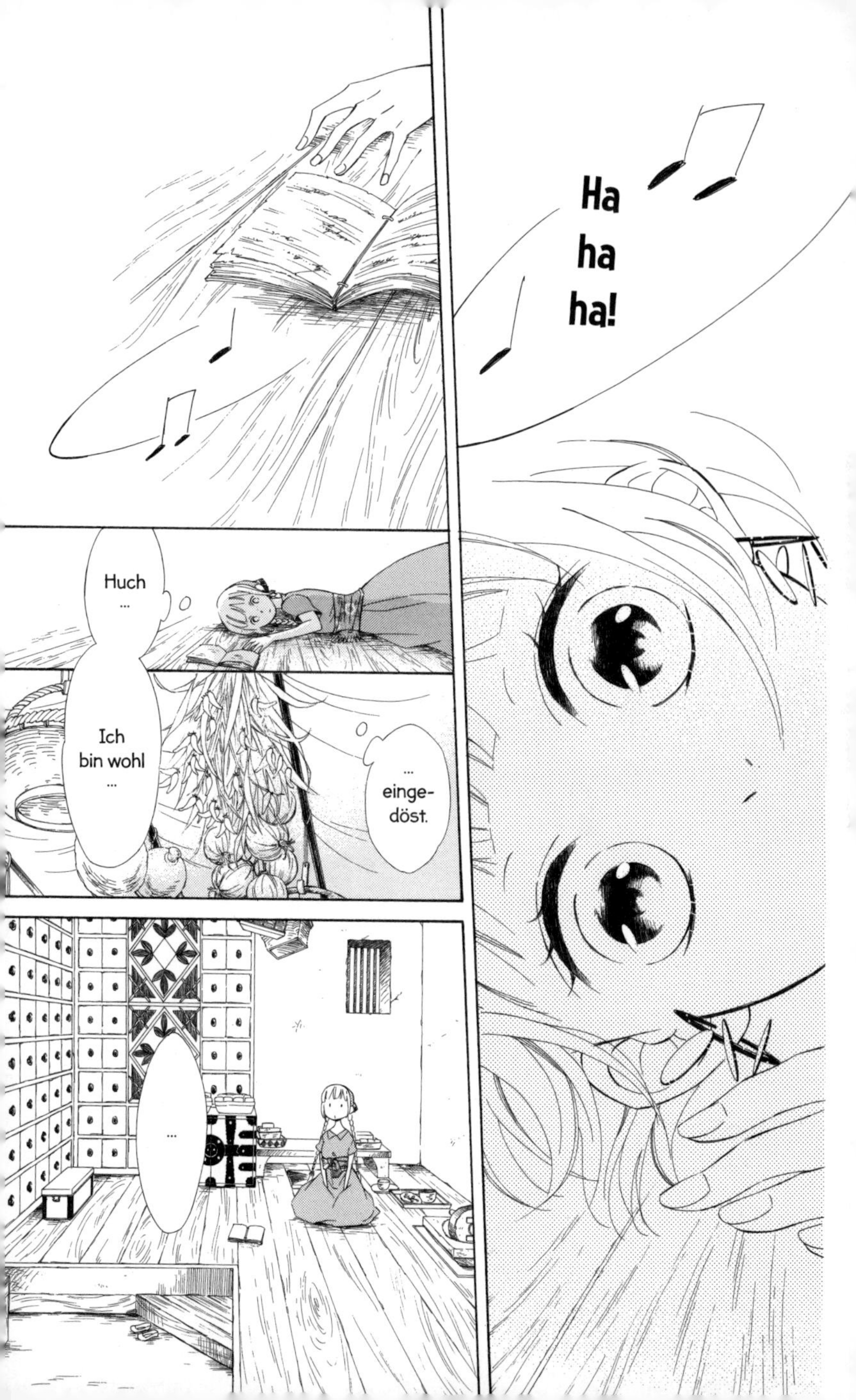

Ha ha ha!
Huch …
Ich bin wohl …
… einge-döst.
…

Mein …
… Zuhause …

Ich mag dieses Dorf.
Ich mag es, aber ...
Ich kenne hier niemanden von früher.
Ob es ein Fehler war, von zu Hause fortzugehen ...?
Nein, sicher nicht.
Der Meister ist nicht mehr da ...
... und meine Lehrlings-geschwister leben im ganzen Land verteilt.

Wieso denke ich das jetzt in diesem Moment?
… gibt es für mich nirgendwo mehr.
Huch?
Vielleicht, weil es mir …
… ebendieser Moment klarmacht …
Diesen Ort vollkommener Geborgenheit …
Ah, so was …

ザー
Shaaa
ア
ッ
...
Was ist los?

H...
Hades ...

Warum weinst du?
Ah! Es ...
Es ist nichts ...!
Was machst du denn hier?
Ist das Bankett oben schon zu Ende?
War ja überraschend kurz!
Ist ja auch gesünder ...!

Mich überkam der Wunsch, dich zu sehen.

Mehr noch als die Götterwelt ...
... wollte ich dein Gesicht sehen, und so kam ich.
Leider ist es gerade ...
... so ein Gesicht ...

Na
und?

Meine Tränen ...
... sind wie weg-geweht.
Ich war nur etwas ...
... einsam.

Aber jetzt nicht mehr.
Weil du gekommen bist.
Bin wieder da! Ich finde, wir ...
... sollten uns doch abwechseln, Colette! Geh du doch ...
Nanu?
Colette? Wo bist du?
Die Erste ist zurück ...
Willst du gehen?
...
Vielleicht kann dieser Ort ...
... auch einmal so werden wie mein Zuhause damals.

So wie es sich jetzt an Hades' Seite anfühlt.
Aber für jetzt ...
Ich möchte noch ...
... ein biss-chen bei dir bleiben.

Heute,
für diese
Nacht
...

Kapitel 10

Ich möchte noch ...
... ein bisschen bei dir bleiben.
Nach all dem göttlichen Lärm kommt es mir hier umso stiller vor. Euch auch?
Ja.
Das war eine lustige Nacht.
Trallala
Uns Gerippen mangelt es vielleicht an Pracht ...
... doch dass unser König sich trist fühlt, lassen wir nicht zu!
Wenn Ihr wünscht, sorgen wir für etwas Stimmung!
Lalala

Nichts hier ist trist.
Wenn ihr bei mir seid, ist das schon genug.
König Hades!!
Hi hi
Und mit solchen Plaude-reien ...
... endete schließlich der Abend.

Zwei Tage darauf …
Krrs
Krrs
Krrs
… ist wieder geschäftiger Alltag eingekehrt.
Müssen wir arbeiten?
Das Fest ist schließlich vorbei!
Hier, das Übliche!
Ich danke dir.
Meine Schulter schmerzt …
Gute Besserung!
Colette!
Schnell! Bitte hilf diesem Mann!

ゼ
Röchel
ゼ
Keuch
Ich kenn ihn nicht, aber ...
... er hat wohl Giftpilze gegessen!
Das Stück lag neben ihm.
Du hast recht!
Die sind hochgiftig!
Bringt mir einen Eimer!
Er übergibt sich sicher gleich.
Fieber hat er auch!
Und Krämpfe!
Aaaaaauuh
Waaaaah!

Krah
カー
Krah
カー
Krah
カー
Dieser Mann hatte wirklich Glück.
...
Ein Traum ...?
Nein, die Realität!
Bin ich froh!
Bleib bitte noch liegen.
Du musst dich noch ein paar Tage erholen.
Du bist hier im Haus einer Ärztin.
Ich bin Colette.
Colette ...
...

6

Zu Referenzzwecken probiere ich gerade verschiedene Kräutertees aus.

Genauer gesagt Ingwer-Zitronen-Tee, den ich im Herbst gekauft habe, weil er gut Erkältungen vorbeugen soll.

Er enthält auch noch andere Zutaten wie Blüten und so, deswegen duftet er nicht nur gut, sondern sieht auch noch toll aus.

Ich habe ihn nach Gewicht gekauft, und weil ich mir preistechnisch nicht so viel kaufen konnte, habe ich versehentlich bei der Zubereitung auch mit der Menge geknausert.

Also gebe ich zum Trinken etwas Konfitüre hinein.

Es gibt ja noch so viele weitere Sorten! Als Nächstes probiere ich eine andere aus.

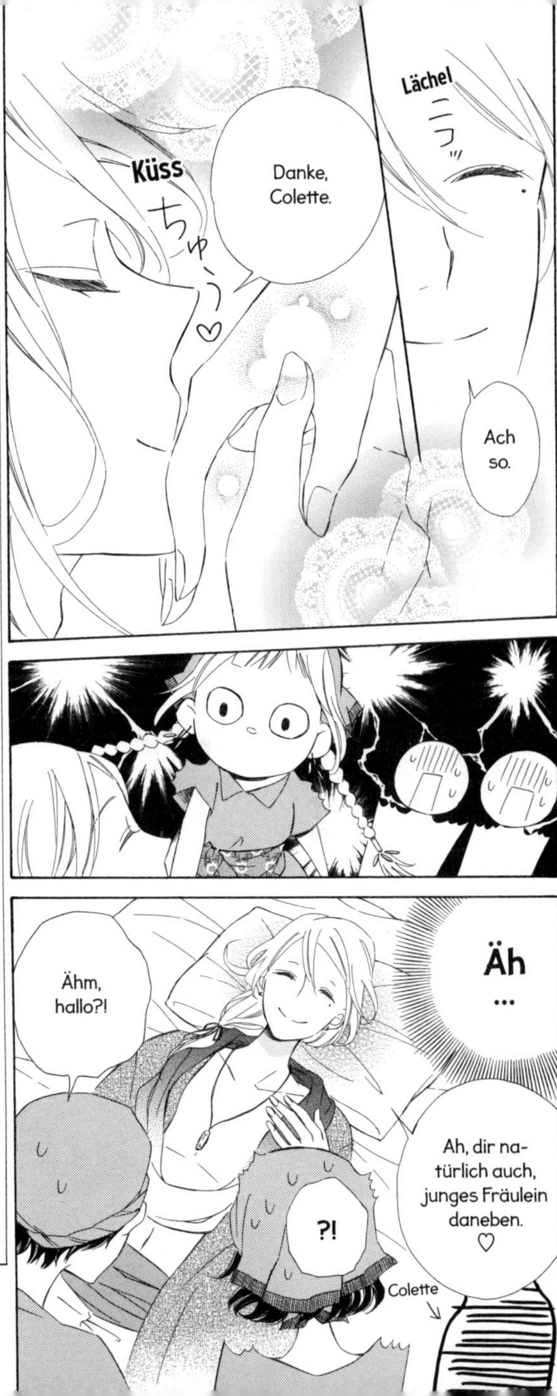

Hm? Ich spreche doch nur meine Dankbarkeit aus.
Uck!
Tapp
Bamm
Tapp
Tapp
Tapp
Tapp
Tapp
Biiiep
Toilette
Aah …
Mein Bauch tut weh …
Schluchz
Schnief
Die Toilette ruft dich sicher noch öfter …
Kannst du stehen?
Noch öfter …
Wie beschämend …
Und hepp!
Beschämend ist daran gar nichts.
Das beweist doch, dass dein Körper kämpft!

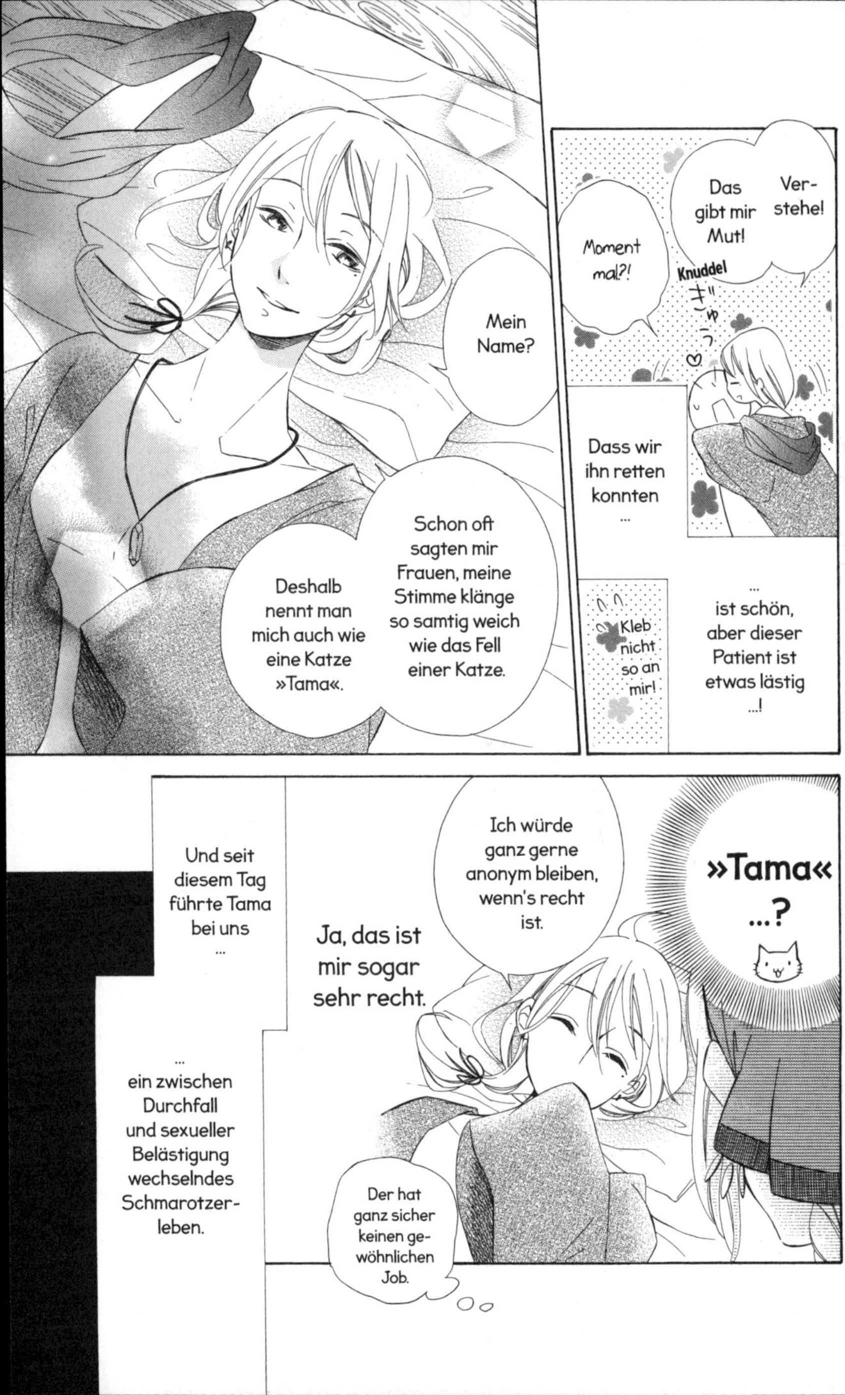
Ver-
stehe!
Das
gibt mir
Mut!
Knuddel
Moment
mal?!
Dass wir
ihn retten
konnten
...
...
ist schön,
aber dieser
Patient ist
etwas lästig
...!
Kleb
nicht
so an
mir!
Mein
Name?
Schon oft
sagten mir
Frauen, meine
Stimme klänge
so samtig weich
wie das Fell
einer Katze.
Deshalb
nennt man
mich auch wie
eine Katze
»Tama«.
»Tama«
...?
Ich würde
ganz gerne
anonym bleiben,
wenn's recht
ist.
Ja, das ist
mir sogar
sehr recht.
Der hat
ganz sicher
keinen ge-
wöhnlichen
Job.
Und seit
diesem Tag
führte Tama
bei uns
...
...
ein zwischen
Durchfall
und sexueller
Belästigung
wechselndes
Schmarotzer-
leben.

Guten Morgen, Colette. ♡
Was machst du?
Lass mich bitte los.
Will nicht.
Hm, wie wär's heute mit Pilzsuppe zum Abendessen?
Durchfall-Trigger
Schluchz
Schluchz
Hicks
Mein Po tut weh.
Ach Mensch!
Du bist so was wie der Feind aller Frauen.
Jetzt zieh dich mal richtig an!
Muss ich ...?
Meinst du?
Dabei wird mir oft gesagt, ich hätte etwas Zauberhaftes an mir.
Und was soll das sein?
Lächel
Wenn du mit mir ausgehst, verstehst du es.
Lächel
Nein danke.
Ich hasse oberflächliche Menschen.

Zauber-
haft?
Schwer nachzuvoll-
ziehen.
Kya
Kyaaa
Und trotzdem ...
Ach, nicht doch ...! ♡
Hach ...! ♡♡
Wah?!
Vergreif dich nicht an meinen Patientin-
nen!
Er hat mir aus der Hand gelesen!
Prr
Prr
Prr
So ist es. ♡
Miau
Was soll die Flirterei?!
Warum?
Was finden alle an ihm?
Schwärm
Schwärm
Plötzlich kennt er alle ...

Colette, spiel auch mit mir! ♡
Danke, kein Interesse.
Irgendwie …
Swsch
Kümmre dich nicht um mich.
Ich habe kein Fieber.
… das genaue Gegenteil.
Wie es Hades wohl geht?
Ich war schon seit Tamas Ankunft nicht mehr in der Unterwelt …

Im Nachhinein ist mir das total peinlich!
Egal, wie einsam ich mich fühlte!
Bonk
ゴンッ
Aaah
Hades ist so mysteriös ...
Ähnlich wie der Meister?
Irgendwie nicht.
...
Ich weiß nicht.
Ich gehe Eier kaufen!
Ups, ich starr ja Löcher in die Luft.
Dabei steht das Abendessen an!
Eier gibt's nicht.

Äh? In dem Korb da sind doch ...
Wenn ich sag, es gibt keine, gibt's auch keine!
Gack
Ack
Gack
Hmpf
...
Hab ich ihr irgendwas getan?
Vom Eierkaufen abgesehen kennen wir uns doch gar nicht.
Bu hu hu ...
Diese Frau war auch noch nie krank oder verletzt ...
Schluff
Schluff
Was nun ...?
Bin wieder da!
Oh, die Frauen sind gegangen.
Denkst du, du kannst etwas essen?

Etwas bedrückt dich, oder?
Das höre ich dir an.
Was ist passiert?
Hm ...
Gehen wir auf ein Date, Colette?
Dabei können wir auch gleich noch die Eier holen.
Äh?!
Hä?!

Und wie ...?
Was, schon wieder die Ärztin?
Es gibt keine Eier!
Hat jemand Seltsames mitgebracht ...
Denkst wohl, ich sei nicht mehr als 'ne billige Eierlege-maschine ...
Immer heißt es nur »Eier, Eier« und schnell wieder nach Hause!
?
Aber ... ich ...
Der Schal, den du trägst ...
... kommt aus der Küsten-region, oder?
!
Das erkennst du?
Darf ich ihn entfaltet sehen?

Wah! Wie schön!
Magst du das Meer?
Ooh ...!
Ach ...
Ich war nie da. Wuchs in den Bergen auf.
Diesen Schal hab ich einem Händler abgekauft. Er gefiel mir einfach.
Kennst du das Meer, Colette?
Nein!
Nur die Berge und die Stadt.
Wisst ihr, das Meer ...
... ist eine große Ansammlung von Salzwasser.
Salz?
Wie groß ist »groß«?
Größer als alles, was wir hier gerade sehen.
Nicht wahr!!

Stellt es euch vor ...
... wie ganz viele solche Tücher.
Tiefblau ...
... rosafarbene Muscheln ...
... Türkis ...
... und Gold ...

Na, nimm schon.
Ich war zu Unrecht gehässig.
Weiß ja, dass du als Ärztin immer viel zu tun hast.
Darf ich?
Aber ohne jegliche Plauderei am Rande ...
... fühlt sich das Verkaufen so leer an.
Schon fast wie stumpfe Schreibarbeit ...
Dafür möchte ich mich auch entschuldigen!
Ähm ...

Würdest du mir den Schal irgendwann noch mal zeigen?
Na klar.
Ach so ...
Danke, Tama!
Du hast das ermöglicht!
Ich helfe den Damen doch immer gern aus.
Langsam verstehe ich.

Meine Meinung ...
... hat sich geändert. Du bist ja doch ganz in Ordnung!
Du bist gut darin, andere zu erfreuen, oder?

War das soeben ein Liebesgeständnis?
Ein Kuss wäre doch eine geeignete ...
Ganz sicher nicht.
Wupp
»Pil...«!
!!!
Zuck
Trauma-Wort
Gehen wir nach Hause.
Tapp Tapp
Schluchz
Was ich auch tue ...
... du verfällst mir nicht, oder, Colette?

Der Mann, dem du dein Herz öffnest ...
... muss wohl schon mein älterer Bruder sein.
Äh ...?
Mein Bruder, hm ...?
Das wär vielleicht nicht so gut.
Aber wen ich nicht erobern kann, möchte ich umso mehr.
Eine schlechte Angewohnheit von mir.

Wer … … bist du …?
»Von Demeter an Hades.
Tut mir leid, Hades!
Die Sache mit deinem Liebling hat sich herumgesprochen.

Er schien extrem interessiert. Ich glaube, er will sie suchen gehen.
Sei vor Zeus auf der Hut!«

Was passiert hier?
Äh?
Äh??
Nicht ...!
Ich neck dich doch nur!
Nur ein Scherz! ♡
Knuddel
Kapitel 11

Fiel dir vor Schreck nicht einmal mehr das fatale P-Wort ein?
Tut mir leid.
...
Pilze!
Zack
Was fällt dir ein?!
Du Mist-kerl!
Gwah!
Zeus.

Hades ?!
Was macht er hier?
Warum ?!
Äh, aber warte mal kurz ...
»Zeus« ...?
Der erste Göttername, den man als Kind lernt.
Zeus, König über den Himmel und den Olymp.

Der höchste Gott der Welt.
Da bist du ja, Bruder ...
Er ist ein Gott ...!
Ack
Kein Wunder, dass er überlebt hat.
Was machst du hier?
Ich bin zurzeit Colettes Patient ...
... und wohne gratis in ihrem Haus.
Ver-stehe.
So hast du dich also eingeschli-chen.
Colette.
Zeus bedarf deiner Hilfe nicht.
Sein Besuch hier war geplant.

Gerissen war er schon immer.
...!
?
Tama?
Du hast ...
... es damals ...
... also doch ge...

Ich werde dich besei- tigen.

Wupp
W...
Warte!
Ich weiß nicht, was los ist, aber ...
Er ist mein Patient!
...im Moment ist er noch in meiner Obhut!
Warum nimmst du ihn in Schutz?
Darum geht es doch gar nicht!
Dafür gibt es sicher einen Grund ...
... und er ist gekommen, weil er um mich besorgt war.
Hades ist verärgert.
Obwohl die Sonne noch am Himmel steht.

Aber für den Moment ...
Alles ist gut.
Danke, Hades.
Der hier tut mir ganz sicher nichts.
Also geh bitte beruhigt zurück in die Unterwelt!
Dann komm ich bald vorbei und wir trinken Tee.
Ja?
In diesem Moment ...
... sagt mir etwas, dass wir Tama, der den Tränen nahe scheint, nicht fortjagen dürfen.

Wie du meinst.
...
Na dann ...
Ab nach Hause zum Abendessen!
Äh ...?
Dafür hast du uns schließlich diese Eier besorgt!

Lasst es euch schmecken!
Njam Njam
...
Du bist wirklich rätsel-haft ...
... Colette.
Echt?
Du bist aber auch nicht gerade normal. Ich meine ...
... du nennst dich Tama.
Und das als Gott.

Hat dir Hades etwas …
… über mich, Zeus, erzählt?
Nein, nichts.
Aha …
…
Wenn ich dir etwas verrate …
… sagst du es ihm?
Eine Ärztin behält die Geheimnisse ihrer Patienten für sich!
Meine Freundschaft mit Hades spielt dabei keine Rolle.

Wenn dir etwas auf der Seele lastet …
… bin ich für dich da!
…
Darf ich es dir erzählen?
Einst …
… habe ich Hades etwas Grausames angetan.

Kapitel 12

Danksagung

Meinem Redakteur und dem gesamten Redaktionsteam von Hana to Yume, allen an der Produktion und dem Verkauf dieses Werkes Beteiligten

Mamenoki, Tsutsumi, Hirai, Suetaka, Meiji, Amasaka

Jittan, Miki, Occhii, Takagi, Sacchan, Rieko-chan & Kagayan (Herzlichen Glückwunsch!)

Meiner Familie

Und allen, die das Buch gelesen haben

Herzlichen Dank!

Alto Yukimura

Colette, ganz herausgeputzt

Leserbriefe an:

Altraverse GmbH
»Alto Yukimura«
Phoenixhalle I
Ruhrstraße 11a
22761 Hamburg

Vor langer, langer Zeit zogen Hades, Poseidon und ich Lose, um über unser jeweiliges Herrschaftsgebiet zu entscheiden.
Die Erdoberfläche leihen wir den Menschen, oder?
Ja.
Also müssen wir noch die Zuständigkeit für Himmel, Meer und Unterwelt klären.
Bei dieser Verlosung gab es nur eine Niete
Die Unterwelt.
Das Land der Toten ...
Für unsterbliche Götter sind die Toten etwas Unbegreifliches ...
... und somit Furcht einflößend.
Denn was bedeutet es, wenn kein Morgen kommt ...
... wenn man aufhört zu existieren?
Allein der Gedanke daran ängstigt mich und raubt mir den Schlaf.

Bereit?
Deshalb habe ich gemogelt.
Juhu! Ich bin König über den Himmel!
Ich über das Meer.
Ach ja, schön.
Tut mir leid, Bruder.
Da ich wusste, Hades würde sich am wenigsten beklagen, habe ich ihm die Niete untergeschoben.
...

Äh?!
Was ...?
Hat er es etwa gemerkt ...?
... Ach, nichts.
Ich bin dann weg.

Puh, zum Glück hab ich nicht die Unterwelt.
Armer Hades.
Ich gehe auch.
Hätte er's bemerkt, würde er doch was sagen, oder?
Also hat er doch nichts gemerkt ...?
Aber nach seinen Worten vorhin bin ich mir sicher.
Er hatte meine List durchschaut.
Trotzdem hat er niemandem im Olymp davon erzählt.
Er ist eben nicht der Typ dafür, mit anderen Göttern zu konspirieren.
Wenn ans Licht kommt, wie feige der höchste Gott ist ...
... werde ich sicher aus dem Olymp verstoßen.
Ehrlich gesagt war ich erleichtert, als Hades nicht mehr zu den Banketts erschien.

7

Was ich wegen dem Erzählfluss und der begrenzten Seitenanzahl nicht in die Geschichte einbringen konnte:

Der Grund, warum Tama absichtlich giftige Pilze aß.

Mein Bruder hat einen Liebling ...

Oh nein, ich muss was tun!

Eine Ärztin ... (hat nachgeforscht)

Hm?

Ich bin aber gesund!

Eine Ärztin lässt doch keinen Gesunden ins Haus!! (Inkorrekt.)

Was mach ich nur?!

Giftig

Ah! Ich esse einfach, bis ich etwas Bauchweh bekomme!

Bin ich schlau!

Oh nein, da liegt einer!

Sich einfach nur krank zu stellen kam ihm nicht in den Sinn, unserem Tama.

Willst du dein Leben lang vor Hades Angst haben?
Und dich einmischen, wann immer ihm irgendjemand nahekommt?
Das ist doch noch viel feiger.
...
Du hast ja recht.
Ich muss mich ...
... entschuldigen, selbst wenn er mir ...
... nicht vergibt.

Na, dann auf in die Unterwelt!
Schubs
Attacke!
Was du heute kannst besorgen ...
Äh ...
Wa ...?!
Warte, warte!!
Ich war noch nie in der Unterwelt! Ich bin ... nicht ...
Uwaah
Platsch
Ent-spricht die Un-terwelt ...
... wirklich einer Niete?

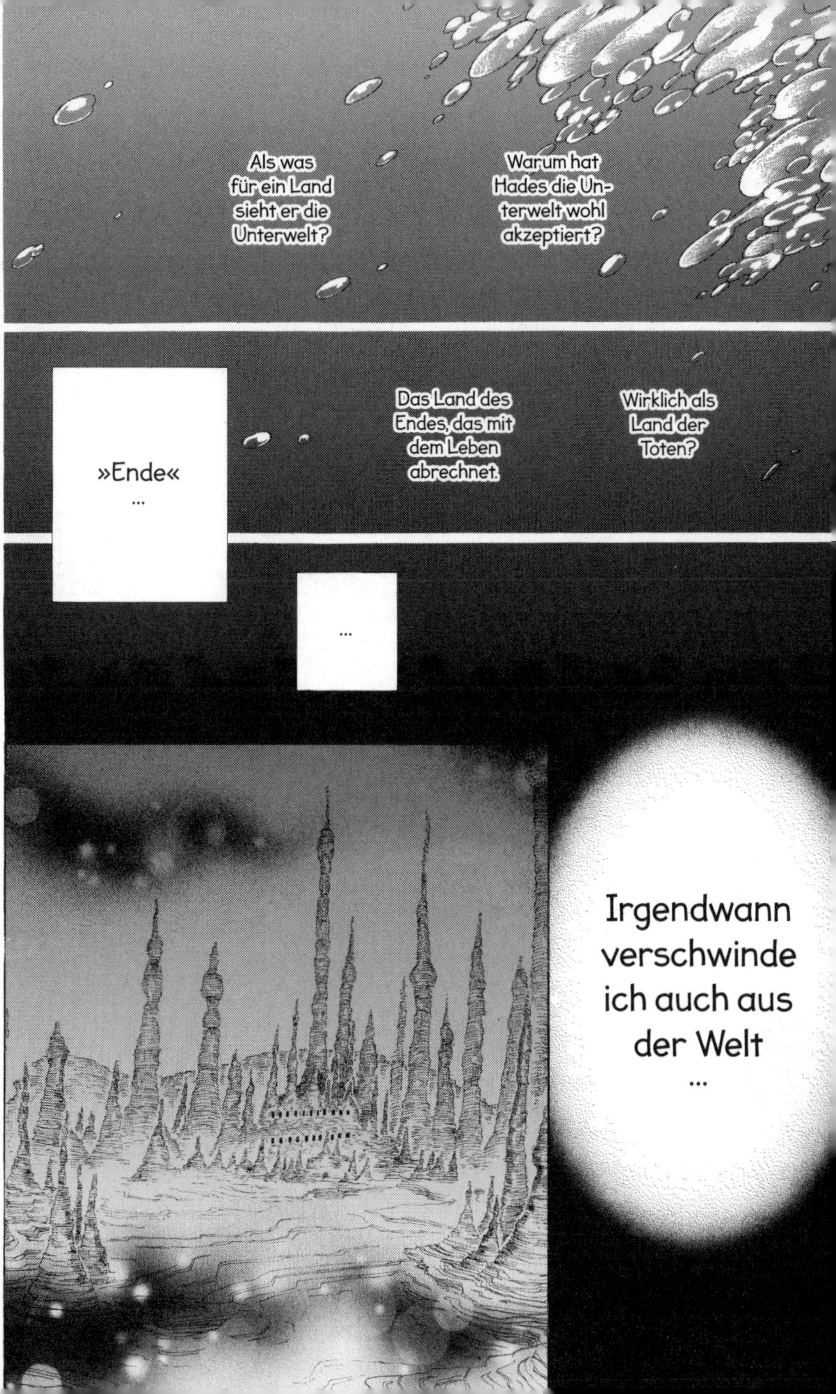
Warum hat Hades die Unterwelt wohl akzeptiert?
Als was für ein Land sieht er die Unterwelt?
Wirklich als Land der Toten?
Das Land des Endes, das mit dem Leben abrechnet.
»Ende« …
…
Irgendwann verschwinde ich auch aus der Welt …

Ankunft in der Unter-welt!
Hm
Also, Tama, komm mi...
Zitter
Zitter
Zitter
Tama ist wirklich zum Kätzchen geworden!!
Waaaaas?!
Ich bin in ...
... der Unter-welt ...
Es ist ja so finster ...
Zitter
Zitter
Oha, Colet-te?
Im Ernst?
Götter können wohl alles ...
König Hades ist nicht im Palast.
Du findest ihn auf der As-phodelos-Wiese.
Hey, Taxi!
Nimm mich mit!
Wird das jetzt zur Routine?
Ja, ja, nur keine falsche Scheu.

Passagierin, Haustiere einschleusen geht aber nicht.
Kyaah! ♡
Schnell! Rennt weg!
Wer ist jetzt dran mit Fangen?
Waah! ♡
Kyaah! ♡
...?
Kyaah! ♡

Ging's hier schon immer so lebhaft zu ...?
Wah!
Wah!
Sind das die Toten?
Ja.
Ah!
Eine Lebendige!
Spielst du mit uns Fangen?
Fangen?
Raschel
Colette.
Hades!
Bist du gerade beschäftigt ...?
Zuck
...
Ja.
Du kommst gerade recht. Spiel mit!
Wir sind beide die Fänger.
?!
Patsch

Es gibt nun zwei Fänger!
Die hier ist besonders tückisch und flink.
Passt auf und rennt weg!
Bitte was?!
Wie fies!
Oh nein!
Wenn sogar König Hades das sagt ...!
Rennt weg!!
Wah!
Wah!
Ziele ganz besonders auf die Schatten ab, an deren Hand eine Blume geknüpft ist.
?
Warum?
Wir haben keine Zeit.
Beeil dich.
Eine Blume!
Ich verstehe die Situation zwar nicht ganz ...
Ah! Die Tückische!
... aber wir können wohl erst mit ihm reden, wenn das hier erledigt ist.
Tama, halt dich fest!
Wosch
Nanu? Was heißt »tückisch« überhaupt?
Kyaah! ♡

Raschel
Raschel
Hab ich ...
Poff
... dich ...!
Äh ...?
Gegan-gen?
Wohin?
Einer ist gegangen.
In die irdische Welt.

Für die Schatten mit den Blumen ist die Zeit gekommen.
Normalerweise vergessen sie alles und lösen sich auf, als würden sie einschlafen.
Doch einige können nicht vollständig vergessen und werden sich des Auflösens bewusst.
Also spiele ich mit ihnen.
Wer mitten im Spiel entschwindet, hat keine Angst.
Hades, was für ein Land ist die Unterwelt für dich?

Das Land von Ende und Anfang.
Dieser Ort …
… den alle als die Endstation der Seelen bezeichnen …
»Anfang«.

... wird allein von ihm ...
Geh und werde heil geboren!
Für dich beginnt eine neue Zeit.
Na, wenn das so ist! Weiter geht's!
Wartet nur, ich krieg euch schon!
Raschel
Ein Beginn ...

Kyaah! ♡

Ha ha ha!
Rennt weg!
Ah …

Weg sind sie ...
Es schien wirklich, als hätten sie es selbst gar nicht gemerkt.
Einfach alles zu vergessen ...
... und mitten im Spaß plötzlich weg zu sein ....
Man verschwindet, aber man findet auch Erlösung.
So denkst du darüber?
Ja.
Das wollte ich erreichen, als ich ...
... die Regel des Vergessens schuf.
!
Du hast sie erschaffen?
Ja. Direkt, als ich hierherkam.
Oft denke ich darüber nach ...
... dass etwas Furchteinflößendes darin liegt, sich sein eigenes Ende nicht vorstellen zu können.

Für Menschen muss es umso beängstigender sein, da sie es am eigenen Leib erfahren.
Ob gut oder böse ...
... jede Seele verdient es, in Frieden zu gehen.
Zu diesem Schluss kam ich.

Man lebt nur einmal ...
Willkommen!
... doch die Seele durchläuft einen Kreis.
Deshalb existiert die Unterwelt.
Ach so.
Statt davonzulaufen, kamst du hierher ...
... und sahst dem Unbegreiflichen ins Gesicht.
All die Zeit.

Es tut mir leid!
Ich habe mich gedrückt ...
... und dich be-trogen.
Es tut mir so leid.
...

Schon gut.
Ich habe nichts gesagt ...
... weil mir jeder Bereich recht war.
Ich war lediglich über deine billige Trickserei verärgert.
Zeus.
...
Machen dir die Toten Angst?
Nein ...
Nein, Bruder.

Nächstes Mal möchte ich auch ein Fänger sein.
Irgend-wann wer-de ich auch verschwin-den.
Aber ...

Colette beschließt zu sterben ② / Ende

Vorschau
Ein plötzlicher Ansturm ...
Als Patien-tinnen!
Echt?
So eine schräge Gruppe hatte ich noch nie!
Seid ihr alle Patien-tinnen?
Oder kommt ihr nur als Besuch?
... mysteriöser Patientinnen?!
Darum, äh ...
Was sagt man ...
... in so einem Moment?
Und inmitten so viel Arbeit ...
Ich bin auch hier, um dich zu sehen.
... kommen Colette und Hades sich plötzlich näher ...?!
Colette
beschließt zu sterben
Band 3 erscheint im August 2022!
Ja, ja.
Oh ja.
Wir bekommen sogar eine kleine Extra-geschichte.
Auf Colette allein ist ja kein Ver-lass!

altraverse

Deutsche Ausgabe / German Edition
Altraverse GmbH – Hamburg 2022
Aus dem Japanischen von Rahel Niedermann

COLETTE WA SHINU KOTO NI SHITA by Alto Yukimura

First published in Japan in 2015 by HAKUSENSHA, Inc., Tokyo.
German language translation rights arranged with HAKUSENSHA, Inc., Tokyo
through Tuttle-Mori Agency, Inc.

Redaktion: Ulrike Gatzke
Herstellung: Cathrin Hamester
Lettering: Vibrant Publishing Studio

Druck: CPI books GmbH, Leck
Printed in Germany

MIX
Papier
FSC FSC® C083411

ISBN 978-3-7539-0521-1
1. Auflage 2022

www.altraverse.de